MISTÉRIOS DE CURITIBA

Obras do autor

234
33 contos escolhidos
A faca no coração
A polaquinha
A trombeta do anjo vingador
Abismo de rosas
Ah, é?
Arara bêbada
Capitu sou eu
Cemitério de elefantes
Chorinho brejeiro
Contos eróticos
Crimes de paixão
Desastres de amor
Desgracida
Dinorá
Em busca de Curitiba perdida
Essas malditas mulheres
Guerra conjugal
Lincha tarado
Macho não ganha flor
Meu querido assassino
Mistérios de Curitiba
Morte na praça
Nem te conto, João
Novelas nada exemplares
Novos contos eróticos
O anão e a ninfeta
O maníaco do olho verde
O pássaro de cinco asas
O rei da terra
O vampiro de Curitiba
Pão e sangue
Pico na veia
Rita Ritinha Ritona
Violetas e Pavões
Virgem louca, loucos beijos

Dalton Trevisan

MISTÉRIOS DE CURITIBA

6ª edição, revista

EDITORA RECORD
RIO DE JANEIRO • SÃO PAULO
2014

CIP-BRASIL. CATALOGAÇÃO NA FONTE
SINDICATO NACIONAL DOS EDITORES DE LIVROS, RJ.

Trevisan, Dalton, 1925-
T739m   Mistérios de Curitiba: contos / Dalton Trevisan.
6ª ed.   – 6ª ed. rev. – Rio de Janeiro: Record, 2014

ISBN 978-85-01-01440-5

1. Contos brasileiro. I. Título

78-0740
CDD – 869.9301
CDU – 869.0(81)-34

Copyright © 1968 by Dalton Trevisan

Capa e ilustrações: Poty

Texto revisado segundo o novo Acordo Ortográfico da Língua Portuguesa.

Direitos exclusivos desta edição reservados pela
EDITORA RECORD LTDA.
Rua Argentina, 171 – Rio de Janeiro, RJ – 20921-380 – Tel.: 2585-2000

Impresso no Brasil

ISBN 978-85-01-01440-5

Seja um leitor preferencial Record.
Cadastre-se e receba informações sobre nossos
lançamentos e nossas promoções.

EDITORA AFILIADA

Atendimento e venda direta ao leitor:
mdireto@record.com.br ou (21) 2585-2002.

Sumário

Lamentações de Curitiba   11
Carta escrita no escuro   17
O rio   20
A espera   22
Minha perdição   25
Naquela manhã   27
Abigail   29
Os bastões-de-são-josé   32
No sétimo dia   35
O vagabundo   37
Ezequiel   40
Chuva   43
Bonde   45
No jardim   48
Pedro   50
O ciclista   53
O besouro   55

Senhor   58

Homem ao mar   60

O negro   64

Praça Tiradentes   67

O gato chamado Marreco   70

Cem contos   73

Mãe e filho   75

Modinha   78

Toco de vela   81

O leão   85

Apelo   88

Quatro tiros   90

Em família   92

Certidão   94

Circo   97

Em busca de Curitiba perdida   100

O duelo   105

Confidência   108

Cela 25, corredor comum   110

Ela e eu   112

Nhá Zefa   114

Zulma, boa tarde   116

Retrato de Katie Mansfield   118

O negócio   121
Sábado   124
A caixeira   126
Dois velhinhos   129
A comadre   131
Generoso   133
A noiva   135
Os três presentes   137
Ladainha do amor   139

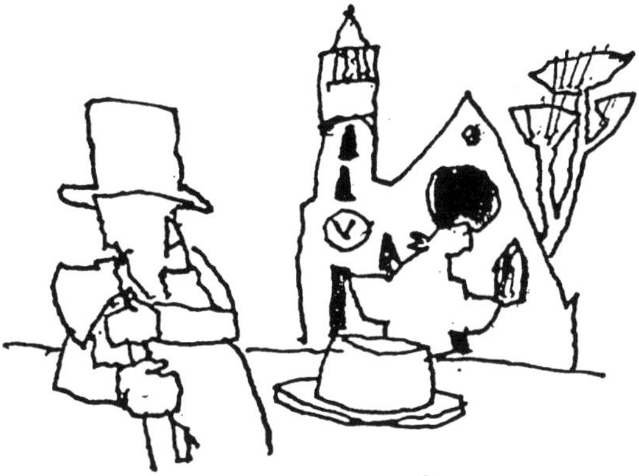

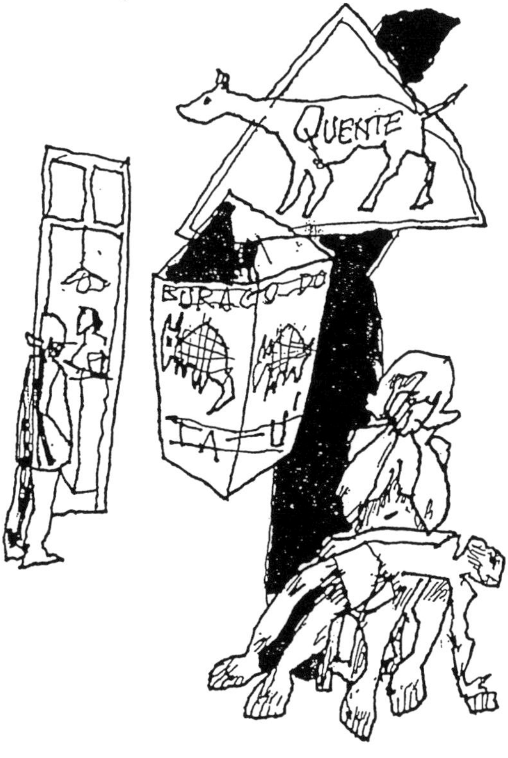
QUENTE
BURACO DO

Lamentações de Curitiba

A palavra do Senhor contra a cidade de Curitiba no dia de sua visitação:

Suave foi o jugo de Nabucodonosor, rei de Babilônia, diante de Curitiba escarmentada sob a pata dos anjos do Senhor como laranja azeda que não se pode comer de azeda que é.

Ai, ai de Curitiba, o seu lugar não será achado daqui a uma hora.

Gemerei por Curitiba; sim, apregoarei por toda a Curitiba a nuvem que vem pelo céu, o grito dos infantes a anuncia; porque o Senhor o disse.

A chuva de ais inundará a terra sem subir ao céu; e no céu verão as costas do Senhor; e no céu sem lua nem sol a tampa descida do céu.

No dia de suas aflições os vivos serão levados pela mão dos mortos para a morte horrível. Da cidade não ficará um garfo, aqui uma panela, ali uma xícara quebrada; ninguém informará onde era o túmulo de Maria Bueno.

O dia virá no meio do maior silêncio — com um guincho.

O que fugir do fogo não escapará da água, o que escapar da peste não fugirá da espada, mas o que escapar do fogo, da água, da peste e da espada, esse não fugirá de si mesmo e terá morte pior.

O relógio na Praça Osório marca a hora parada do dia de sua visitação.

Ó lambari-de-rabo-vermelho do rio Ivo, passou o tempo assinalado.

Os abutres afiam seus bicos recurvos por causa do dia que vem perto. Escorrerá devagar o tempo como azeite derramado, eis a chaga da aproximação do dia. Cada um exibe na testa o estigma da besta; aqui há sabedoria.

O pânico virá num baile de travestis no Operário, no meio do riso; o riso não será riso, diz o Senhor, as bicharocas desfilarão diante do espelho e não darão com sua imagem.

Diz o Senhor: Eis que Eu entrego esta cidade nas mãos de Baal e dos filhos com rabo de Baal, e tomá-la-ão.

Este é o povo que morreu de espada: cento e noventa mil e sete almas e mais uma; todas as almas perdidas numa hora e sem um só habitante.

A estátua do Marechal de Ferro madrugará com os olhos na nuca para não ver.

Os ipês na Praça Tiradentes sacolejarão os enforcados como roupa secando no arame.

De assombro as damas alegres da Dinorá atearão fogo às vestes gritando nas janelas o fim dos tempos.

No rio Belém serão tantos afogados que a cabeça de um encostará nos pés de outro, e onde a cachaça para mil e um velórios? Os ratos de rabinho satisfeito hão de roer todo o dinheiro do Banco de Curitiba.

Para embainhar minha espada, diz o Senhor, os vinte e três necrófilos da cidade casarão em comunhão de bens com suas noivas desenterradas e vestidas de branco.

A filha de meu povo será um pátio do Asilo Nossa Senhora da Luz com seus urros e maldições. Muitos correrão para debaixo da cama e cada um terá mais de uma morte: uma, a que escolher e a outra pela espada do Senhor, que já assobia no ar.

O rio Barigui se tingirá de vermelho mais que o Eufrates.

Um sino baterá no ouvido dos homens e eles se esborracharão feito caqui maduro. As filhas vaidosas de sua cidade suspirarão. Chorarão pedras de sangue dizendo: Não existe dor como a minha dor. Depois hão de chorar os próprios olhos com dois buracos na cara.

Ai de ti, Curitiba, perece o teu povo e se quebranta meu coração, porque é o dia da visitação, diz o Senhor. Dos teus lambrequins de ouro, das tuas cem figurinhas de bala Zequinha, do teu bebedouro de pangarés, a gente perguntará: Que fim levaram?

Dá uivos, ó Rua 15, berra, ó Ponte Preta, uma espiga de milho debulhada é Curitiba: sabugo estéril.

O terror arrombará as portas, os macaquinhos do Passeio Público destelharão as casas, a cidade federá como a jaula de um chacal doente.

Onde estão os leões de pedra que guardam as casas de teus ricos e os tatus-de-rabo-amarelo que guardam os teus medrosos leões?

Maldito o dia em que filho de homem te habitou; o dia em que se disse nasceu uma cidade não seja lembrado; por que não foste sempre um deserto, em vez de cercada de muros e outra vez sem um só habitante?

Ó Curitiba Curitiba Curitiba, estendes os braços perfumados de giesta pedindo tempo, quando não há tempo.

Ó Curitiba Curitiba Curitiba, escuta o grito do Senhor feito um martelo que enterra os pregos. Teu próprio nome será um provérbio, uma maldição, uma vergonha eterna.

Curitiba, o Senhor chamou o teu nome e como o de Faraó rei do Egito é apenas um som.

A espada veio sobre Curitiba, e Curitiba foi, não é mais.

Não tremas, ó cidadão de São José dos Pinhais, nem tu, pacato munícipe de Colombo, a besta baterá voo no degrau de tuas portas. Até aqui o juízo de Curitiba.

Carta Escrita no Escuro

Meu bem, telefonei seis ou sete vezes ao teu emprego, disseram que você não estava, mas não estava, hein? Pensei que não queria falar comigo, seria muito feio, sabe? Depois do que me fez, já não quer saber de mim?

Preciso muito falar com você. Passei por aqui, gosto do teu quarto, fiquei bastante tempo. Não repare na letra, estou escrevendo no escuro, só com a claridade da janela.

Eu vim aqui, você não estava. Não sei o que fazer, estou bem desesperada. Então vim para cá, sabe que gosto de estar ao teu lado, não é? Agora são sete e meia. Assustada com a bagunça, vou dar uma ajeitadinha na tua cama. Estou sozinha e morrendo de medo de ir para casa — sabe como é papai, quando bebe fica louco, grita que sou uma filha morta.

Já arrumei a tua cama, que é a nossa cama. Aqui eu deixei de ser moça, não se lembra mais? Procurei o relógio, mas não achava. Escutando só o tique-taque, queria ver que horas eram, até que remexi na gaveta da mesa. Deve estar mais louco que eu, marcava oito e vinte. Quando cheguei eram mais ou menos sete e já arrumei a cama, li um pouco, dei uma volta, fui buscar lá fora o cachorrinho. Devem ser umas nove e meia.

Tão bom ficar aqui. Mas tenho de ir embora e estou morrendo de medo. Estava boa a festinha na casa da Marta? Com quem você dançou? Lembrou-se de mim? Ai, meu amor, como tem judiado de mim.

Já vou indo. Estou com medo do escuro, tenho de dar a volta pelos fundos. À tarde fiz umas queijadinhas, daquelas que você gosta, amanhã trago para você, se sobrar alguma...

No relógio maluco são dez horas. Estou aqui desde as sete, certa que ia te encontrar em casa, mas nada, esperei por você até agora, e nada. Será que está se escondendo? Fui à janela, um bicho pulou na minha mão. Ele me mordeu o dedinho, não queria desgrudar. Agora o dedo está todo inchado e dói.

Meu querido, não espero mais. Você não vem e está ficando tarde. Estou com sono, quase dormindo na tua cama. Me sinto muito cansada, com medo de ir para casa no escuro. Nem quero pensar se papai estiver atrás da porta... Eu tinha certeza de te encontrar aqui, nunca mais venho.

Fiquei muito triste, meu bem. Estou com frio e tanto sono. Já são onze horas, tenho de ir embora — sabe que papai jurou que me mata de tanta surra?

Acho que vou a pé. Mas tenho medo, o ônibus demora muito. Agora não posso sair, o vizinho está espiando na janela, tenho de dar aquela volta pelos fundos. Sabe que está garoando?

Durma bem, belezão feio, não vá cair da cama. Um abraço apertado da — sabe de quem, não é?

P.S. Um beijinho também. Um só não, dois, três e mais de mil.

O Rio

A Ponte Preta anuncia o rio que não corre em Curitiba. Os guris na sua água barrenta espirram sardinha. Às margens crescem margaridas silvestres e dois ou três butiás. Serpeia o rio lá no meu quintal, em tarde calmosa pesco lambaris-de-rabo-vermelho. A melopeia de rãs celebra o teu sono, pernilongo nenhum entra pela janela aberta.

Será um rio de todos que o mereçam. Da família com crianças que no sábado nele tomam banho; se uma ou outra se afoga, por favor não culpem o rio. A fim de localizar o corpo, mãe aflita lança na água uma vela acesa enfiada em galho de cortiça — e onde a vela se detém lá está o anjinho.

Metade da população jamais saberá dele e não há de cuspir na sua água. Rio oculto, de nascentes perdidas e que, estranho rio, não morre no mar. No outono os plátanos vestem de folhas o seu corpo trêmulo de curvas.

Embora citadino, com três saracuras para você brincar de arapuca. É simplesmente notado: te espero, meu amor, na beira do rio. Além do mais, rio gentil: margens de macia grama para os namorados e chorões para escondê-los.

Se é de boa paz, ai de quem na lua cheia o enfureça: com as primeiras chuvas eis que Sua Força o Rio inunda a cidade, arrasa a Ponte Preta, são tantos afogados que, debaixo de cada um, outro espera a vez de boiar.

Um rio não guarda rancor, de novo o rio manso, o rio sem nome, e Curitiba será chamada a cidade dos muitos rios.

A Espera

Sábado João saiu de casa para visitar a noiva. Na curva da estrada, deu com um vulto a pé, que o cumprimentou. Não o reconheceu, já estava escuro, nove da noite. Apressou o animal, mas foi alcançado. Viu que era o Antônio, intrigado por questão de família.

— Então a cavalo hoje? Como vão as modas em casa?

João respondeu maneiroso, visto o primo gostar de afrontá-lo.

— Onde é que vai, soberbo, todo enfeitado?

— Vou ali no ferreiro.

Dito o que, apartou-se do outro. Na casa do ferreiro, que era seu compadre, aceitou um chimarrão e seguiu viagem.

Logo adiante, na sombra do barranco uma camisa branca: o primo que fazia espera? Não tendo desvio, João alcançou o vulto, que saiu da tocaia, andando devagarinho a seu lado. Antônio proseou de guerra: no estrangeiro já havia briga. Estava querendo, ele também, começar ali uma batalha.

— Não tenho malquerença com você — ripostou João. — Melhor que vá para casa.

— Você sabe que a gente não se gosta.

E saltando na rédea, brada o primo:

— É o fim da tua vida!

Assusta-se o animal, lança o cavaleiro ao chão. Pistola no peito do moço, Antônio aperta o gatilho:

— Está morto, carniça!

Mas a arma nega fogo. Para se livrar do inimigo, João agarra o punhal.

— Ai, você me matou... — geme o primo, quase degolado.

Bem quieto, com a vida acabada. João segue a galope até a casa da noiva. Lá contou do defunto na estrada, obrigado a matar porque era homem.

Minha Perdição

Minha mãe a culpada de tudo. Ela me levou ao quarto daquele homem e ficou esperando na sala. Eu fui tomar a injeção, ele fechou a porta.

— No braço eu não dou — ele disse.

— Só quero se for no braço — respondi.

Então começou a falar, a falar até que concordei. Não imaginava a intenção dele, sempre foi respeitador. Enfim tomei a injeção. Ele ficou alisando o algodão uns cinco minutos.

— Já está bom.

— Não — ele respondeu. — Saindo muito sangue.

Subiu e desceu a mão na minha perna, eu me afastei. Ele chegou mais perto. Fui recuando até encostar na parede. Gritei, lutei, coitadinha de mim, perto dele eu desapareço.

Foi aí que aconteceu. Odeio até à morte aquele homem. Se nunca odiei alguém, hoje eu odeio, é ele. Tive vontade de me matar, fazer não sei o quê. E guardei raiva de minha mãe com toda a força do coração.

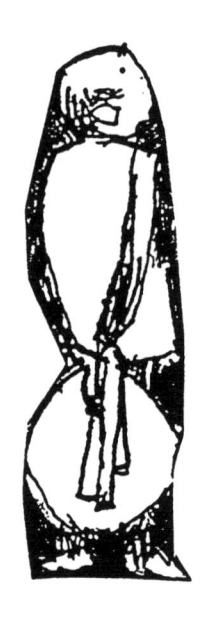

Naquela Manhã

Naquela manhã Alice levantou bem cedo, varreu a casa, começou a passar roupa.

— Por que tanto trabalho, minha filha?

Acudiu ela:

— Quero deixar tudo limpo.

Saí para um negócio, de volta às onze horas. Não a encontrando, imaginei estivesse com a Rosinha. Logo recebi um amigo, combinei pescaria para a manhã seguinte. Era meio-dia. Alice não chegava, fui almoçar com o vizinho Chico.

Outra vez a casa deserta. Não me incomodei, Alice e a menina no colégio.

Três da tarde, em busca de uma tesoura, abri a porta. Dei com as duas, mãe e filha, lá no escuro, deitadas no soalho. Disse comigo — "Deve ser o calor". Escancarando a janela, deparei com o quadro.

A menina descalça e de camisola com florinha azul: o lábio queimado, assim tivesse bebido à força. Alice, de roupão estampado, no pé direito um chinelo xadrez de feltro.

No chão duas xícaras com restos de café, uma das quais derramada.

O guarda-roupa aberto, os vestidos na mala, como quem partisse de viagem. Esbarrei com o pé na lata, que rolou para baixo da cama. Saí gritando eram todas mortas lá em casa.

Abigail

Meu nome é Abigail. De um tempo para cá não vivia bem com meu homem. Chegava de chapéu meio de lado, palitando o dente, sem tirar o olho de mim, que lidava no fogão ou com as crianças, esses anjinhos que o bandido quer dizer não são filhos dele. De primeiro, discutia antes de me bater, no fim eu apanhava sem conversa mesmo. Tu me mata, homem de Deus, berrava com a boca no mundo. O bruto nem piscava, era cada soco que fiquei de olho roxo, com mancha por todo o corpo. Mas não era tão ruim, depois da surra ele me punha no colo. Dizia que era a sua negrinha, por causa do cabelo bem preto. Com os anos se queixava de dor nas costas, amassador de barro na olaria. Cada vez que pedia dinheiro para matar a fome dos anjinhos ele espumava de raiva, atirava o prato de comida no chão, até rasgou a roupa que lavo para fora.

Na última vez saiu e não voltou por três dias. Berrava que a casa dele era um hospício e bebia com umas vagabundas do 111. Fiz a minha trouxa e mandei dizer para ele. Hora do almoço, ele apareceu, nem quero me lembrar. Estava na janela, entrei para arrumar o cabelo. De costas para a porta, podia ver atrás de mim no espelho. Chegou arrastando o pé de quando tinha a dor nas cadeiras e se encostou na parede, o chapéu de palha meio de lado. Me virei devagar esperando a surra. Com a mão no bolso ele só me olhava, numa cara de amor porque esse homem sempre foi louco por mim, igual estivesse me querendo e achando bonita. Foi-se chegando com aquela mão no bolso e desconfiei da intenção dele. Leandro, eu gritei. Leandro já era tarde, ele tinha a navalha na mão. Me cortou a cara, o peito, o braço, deitada no chão eu pedia Mãe do Céu salvai-me, porque estava morta naquela hora.

Então ele me beijou as cinco feridas no corpo. Não tinha bafo de cachaça, nem careceu beber pra matar. Leandro fugiu e me deixou, pobre de mim, só no mundo com minha tristeza.

Os Bastões-de-São-José

No resguardo do terceiro filho, Maria teve uma recaída e ficou louca. Já internada no asilo quando o marido deu notícia para a sogra.

Cheguei em Curitiba, mas tão braaba... — comentou nhá Marica, enrolando a trança na nuca. Cuidava da casa e dos netos, queria por força tirar a moça do hospício.

Afinal a filha recebeu alta. Nhá Marica voltou para o sítio. Recomendou ao genro que, se acontecesse de novo, antes chamasse por ela que, sendo a mãe, saberia o que fazer.

Passaram-se três anos. Após o quinto filho, Maria outra vez endoidou. Nhá Marica veio para atender a pobre moça. Sua loucura era implicar com o marido:

— Sai da minha frente. Não chegue perto. Vá trabalhar, ó diacho!

O diacho passava o dia inteiro fora de casa e voltava para dormir. Confiava nhá Marica que com o tempo ela ficasse boa:

— Está variada, a coitadinha. Só fala bobagem...

Quase não dormia, se levantava de noite, medrosa que Maria fizesse mal às crianças ou botasse fogo na casa.

Certa manhã um dos meninos chegou-se para a velha, a lidar no fogão:

— Corra, madrinha. Venha ver uma coisa...

Ela correu até a porta: no quintal um bonito canteiro com bastões-de-são-josé — os verdes caules empinados e lá em cima aquela flor mais branca. Enxada na mão, a moça partia um por um os bastões.

Nhá Marica usou remédio caseiro para curar a filha: óleo de rícino mais suadouro bem forte. A moça transpirou dois dias sem parar.

Madrugada do terceiro dia Maria sentou-se na cama:

— Mãe, você perdoa?

— Perdoa o quê?

— O que eu fiz com o são-josé.

A moça ficou boa. Nhá Marica foi para o sítio cuidar de suas galinhas.

No Sétimo Dia

João era moço lindo, de família conhecida. O pai de Maria, ninguém sabe por que, se contrariou muito com o namoro. Afinal receberam-se os noivos na maior paixão.

Noite após noite, João não pôde cumprir o seu dever. No sétimo dia, um passeio a cavalo, pulou bem cedo da cama.

Mais tarde Maria foi dar milho às galinhas. No paiol, ao lado da porta, ficava a barrica. Ela encheu a caneca, lançou os grãos no quintal. Quem viu, ali na penumbra, muito pálido, sentado no caixote?

Imaginou que ele tivera uma vertigem. Passou-lhe a mão no cabelo caído sobre a testa, ergueu de mansinho a cabeça — ele a olhou com seu olho azul mais doce. Maria bradou-lhe o nome, sacudiu-o nos braços. O revólver escorregou até o chão — ela sentiu a mão grudenta de sangue.

Aos gritos pela rua, esbarrou no amigo:

— Zezinho, acuda! Meu João... atirado...

Deitaram o ferido em dois pelegos, um vizinho foi chamar o médico.

O amigo indagou se João... se a noiva... — o pobre moço já não falava. Apenas batia a pálpebra, sem bulir o corpo. Insistiu o outro se tinha malquerença com a noiva. Não, sacudiu a cabeça que não. Deixou-a pender de lado e morreu.

— João foi bobo de fazer isso — comentou aborrecido o médico. — Ele ia ficar bom.

O Vagabundo

O velho de barba branca e os meninos aos gritos que lhe atiram pedras:

— Ladrão de criança, ladrão de criança!

Em fuga, o saco batendo nas costas curvadas, esconde-se no Passeio Público. É aborrecido o tigre, sempre a mesma volta na jaula.

Apinhados na faixa de sol, os micos lambem o dedo e catam piolhinho. Um faz cócega na barriga pelada do outro. O macaquinho ruivo enfia a mão pela grade, oferece um piolho entre as unhas recurvas.

— Respeite os velhos, cara de bugio!

O vagabundo senta-se no banco, remexe no saco em busca de um pedaço de pão, morde com o único dente, adormece. O sol na cara desperta-o e, abrindo o olho, engole as migalhas. Amarra o saco e aprecia as visagens do esquilo que rói um grão de milho, a mãozinha na boca. Já não se lembra do nome.

— Meu netinho — diz ao esquilo.

Uma capivara rumina, outra mergulha no tanque. Na água boiam azeitonas verdes. Há que de anos ele não come azeitona? Cospe na água, quem não está com vontade. A capivara emerge a cabeça, examina-o com papo bem gordo.

— Me dá uma azeitona, dona vaca.

Ela afunda o focinho, sem responder. Deixa estar, deixa estar, ele foi ver o cavalo de pau. A cabeça do retratista enterrada no pano negro da máquina — Foto Chique. Um cavalinho de selim azul, com rabo de palha, que não serve para espantar mosca. Levanta a perna disposto a montar. O fotógrafo sai, mão preta no ar, correndo atrás dele.

À margem do lago, bebe na concha da mão a água vermelha de barro. Enxuga-se na barba, invejoso do cisne que engole sapinho.

A catinga do rio caminha a seu lado. Não é o rio, é ele, sente o cheiro segundo a direção do vento. No meio da ponte debruça-se no parapeito, cospe na água. Mão no pescoço, ergue a barba, acaricia a cicatriz escondida: golpe fundo de navalha de uma a outra orelha.

— Aquela noite eu morri. Há muito que estou morto.

Descansa o saco na ponte, pisando-o para não o esquecer, nem alguém roubá-lo.

— A velha bruxa não me prendeu no asilo.

Cospe em seco, tão velhinho não tem mais saliva.

Muito gostoso longe da bruxa, da criança, do cachorro, mas precisa ganhar o dia.

Com as duas mãos ajeitou o saco nas costas e foi-se embora.

Ezequiel

Em Curitiba no ano de 1948 ou 49, não me lembro bem, João eu não sei se foi no ano de 1948 ou 49 que um homem veio lá em casa com desculpa de namorar minha tia. Ele se chamava Ezequiel, não sei qual é o sobrenome nem interessa saber. Minha tia não o queria, era um homem feio, além disso sem profissão. Fiquei gostando dele porque deixou um rádio lá em casa.

Certo dia ele apareceu com um auto. Disse a meus pais que ia passear com meu irmãozinho. Meus pais deixaram. Eu fui na frente com ele, meu irmão atrás. Ele nos levou a uma rua deserta e parou a lata velha, é como dizem para esse tipo de carro. Ele pediu a meu irmão que se deitasse porque outro homem ia passar por ali. O outro homem não gostava de criança. Daí perguntou qual era meu nome, Joana eu disse, quantos aninhos você tem, oito eu disse, você quer uma boneca de cachinho, quero eu disse. Ele prometeu todas as bonecas de cachinho se eu não gritasse.

E isso repetiu-se algumas vezes. Uma tarde ele pediu a minha mãe para dar um passeio e ela deixou. Foi tudo mentira, me levou na casa onde morava. Me deitava na cama, dizia que era a filhinha dele, chamada Rita igual minha tia. Como é teu nome, ele perguntava, Rita eu dizia. Na casa dele ia sempre de dia.

Eu lembro que nunca me beijou na boca. Certa vez foi no quarto. Não foi na cama e sim no guarda-roupa. Me arrumou em pé com a porta aberta, de maneira que fiquei da altura dele.

Mudamos para Antonina. Ele foi lá um ano depois. Numa tarde em que meu pai andava na rua. Estava só a mãe, meu irmão e eu. Conversou um pouco, minha mãe foi fazer café. Eu, meu irmão e ele ficamos na sala. Me pôs no colo, abriu um jornal, mandou que eu lesse. Bem o meu irmão ficou desconfiado dos movimentos que ele fez.

Papai foi embora para o mar. Minha tia casou com outro. O tal nunca mais foi lá em casa, não sei se morreu. O nome dele é Ezequiel.

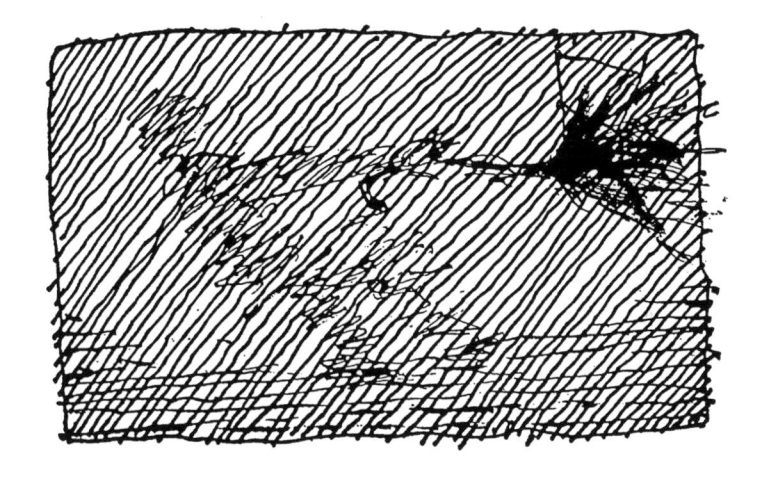

Chuva

O fumo da chuva sai pela chaminé das casas e afoga a cidade. Um lado do coqueiro está seco. Chove, chuvinha, embaça o óculo do míope, molha a formiga de trouxa na cabeça. As pessoas refugiam-se no vão da porta. Sob a teia de aranha abrem-se as flores dos guarda-chuvas. Pipiam os pardais entre as folhas, nada como uma velha meia de lã.

Por onde pisais, meninas, sem sujar de lama o sapatinho? Um afogado afunda terceira vez no rio Belém.

Os turcos que vendem maçã na rua, que fim levaram? Guardas abrem os braços na esquina e apitam: por que choves, Senhor? Mães choram os filhos longe de casa, uns dedos na vidraça, dona mãe, me deixa entrar.

Bate o sino da chuva em cada lata vazia. Todos querem o guarda-chuva esquecido num dia de sol, quando havia sol. Antigos baús são abertos, dia ruim para as traças. Na cama os velhos choramingam de pé frio. Os cães arranham a porta — passa, ó catinga da chuva! O caldinho de feijão te queimou a língua.

Ah, tão bom se não estivesse chovendo. Se não chovesse eu seria a mulher barbuda do Circo Chic-Chic. E o sorveteiro, que faz do seu sorvete? José chega em casa, esfrega o pé no capacho e senta-se para comer, gemendo: chuva desgraçida.

O vento despenteia a cabeleira da chuva sobre os telhados. Todas as árvores chovem. A chuva engorda o barro e dá de beber aos mortos.

Bonde

Solteiro, comerciário, ele se desespera na fila das seis da tarde. Na meia hora de vida roubada por esse bonde, José podia ter feito grandes coisas: beber rum da Jamaica, beijar Mercedes, saquear uma ilha. Pula de um pé no outro, impaciente de assumir o seu posto no mundo, assim que o bonde chegue — o navio fantasma fundeia nos verdes olhos.

Não dói o calo no pé esquerdo, nem pesa o guarda-chuva no braço, a um flibusteiro que bebe rum em crânio humano daria o Capitão Kidd desconto de 3% para vendas à vista? Desafia os vagalhões na sua nau Catarineta, eis que um pirata lhe bateu no braço e o herói saltou em terra.

— Seu moço, para onde vai esse bonde?
— Por cem milhões de percevejos fedorentos!

Bom rapaz, não praguejou feito um excomungado lobo do mar, deu a rota de sua fragata. Um moço — vinte anos, puxa! — com a idade do homem de negócios, o guarda-chuva é negra bandeira de tíbias cruzadas. Nesse bonde que ninguém não viu ele quer fugir para longe, abandonando a donzela de cigarro na boca, triste no cais. A seu lado, o barbudo Zequinha Perna-de-Pau e a pálida filha do Vice-Rei da Ilha das Tartarugas boiam, náufragos como ele, atirados à praia pela maré. O velho de olhos azuis de contramestre, um pacote de bananas no braço, sorri para ele. Na testa lateja uma espinha, até isso!

Morte aos barões cornudos. Desfralda no crepúsculo o seu grito de guerra. Todo velhote é um canhão de museu, sente gana de afogar o Corsário Mão-de-Gancho que não o deixa se fazer ao mar. Corpo de cavalo-marinho, uma dama igual àquela, triste no cais, sopra inquietos ventos na vela rota de seu bergantim. Arrasta as correntes da âncora que enleia a partida: piedade filial, temor a Deus, devoção à pátria.

Em vão vogava em maré de barataria, o bonde que chega abriu a goela de baleia, onde Jonas esperava por ele com um barril de rum.

A consciência de sua idade lhe dói no calo do pé, na espinha da testa, nas vozes de sereias que cantam só para ele. A maruja iça a bujarrona e o velho, tropeçando no estribo, derruba o pacote. Sem orgulho ou dignidade, o pirata recolheu as bananas amassadas e subiu, perdido o último banco da popa.

O bonde joga no mar grosso, dele não se pode ver o céu. O contramestre retira uma banana do pacote, é a segunda vez que oferece. De pé, no cesto de gávea, grita o gajeiro, os telhados de Ítaca tremulando ao longe.

No Jardim

Pálido rosto à sombra, uma lagartixa que comeu mosca, José cochila ao sol. Os copos-de-leite estão quietos como túmulos brancos. Que sede!

Suor frio na testa, coça o queixo — puxa, quase uma barba! A mãe surge à porta:

— Quer entrar, meu filho?

A vida escorre na ponta dos dedos. Um copo d'água, mãe. O cacto desfalece de calor.

Com mais sede ele morre mais um pouquinho. Canteiro de gatos, brincam as sombras ao pé do muro.

— Água, meu filho.

Bebe até a última gota. Pisca o olho esquerdo para a mãe, que lhe afaga o cabelo.

— Está melhor?

A cigarra anuncia o incêndio de uma rosa vermelhiiíssima. Nuvenzinha branca enxuga no arame do varal. O filho dorme, uma lágrima rola pelo bigodinho grisalho de lagartixa.

Pedro

Pedro, pego na pena com a mão trêmula, me desculpes a liberdade destas mal traçadas linhas. Já te disse Pedro, que me achando só no mundo fui te pedir, como és um coração piedoso e não tens rancor do mal feito, que me perdoes minhas fraquezas.

Pedro, como te dei sinal no sábado, quando ias para teu lar sagrado, você me virou o rosto. Então me enfeitei com o vestido preto de cetim, derramei nele uma garrafa de álcool, se dona Maria não acode eu punha fogo e saía gritando pela rua. Estou como louca, fiquei dois meses doente, hoje que me arrastei da cama. Dona Maria quer a pensão, o farmacêutico vai me prender, até mandou o filho Zequinha atirar pedra na minha janela. Pedro já fui tua mulher e você não quer me socorrer nesta hora de pagar a pensão.

Acabando de dizer que o dinheiro que você me deu da última vez entreguei ao doutor que me tratou de umas feridas no corpo. Sei que você Pedro não gosta que te peça dinheiro quando não tenho direito, fui eu que te deixei por causa do outro que agora me largou na amargura, não sei se você sabia Pedro. Pedindo que não esqueça desta que vive rolando cachorro sem dono cumprindo os meus erros neste mundo, rogo-te novamente me perdoes, que Deus me deu esta cruz para mim, acho muito pesada Pedro.

Já paguei o mal que te fiz. Sei que para você estou morta, perdi o teu amor por causa de quem me roubou, eu estava louca, sendo a última vez que te incomodarei. Sou uma mulher que não presta mas sabes que é fraqueza de minha parte.

Pedro se você não me quer mais e não vier me buscar, não diga que não te avisei. Estou de preto e, quando não puder mais de bêbada, ponho fogo no corpo, saio gritando na rua o teu nome. Terminando com fé em Deus que na hora da morte eu grite o teu nome Pedro e não o do outro que não merece.

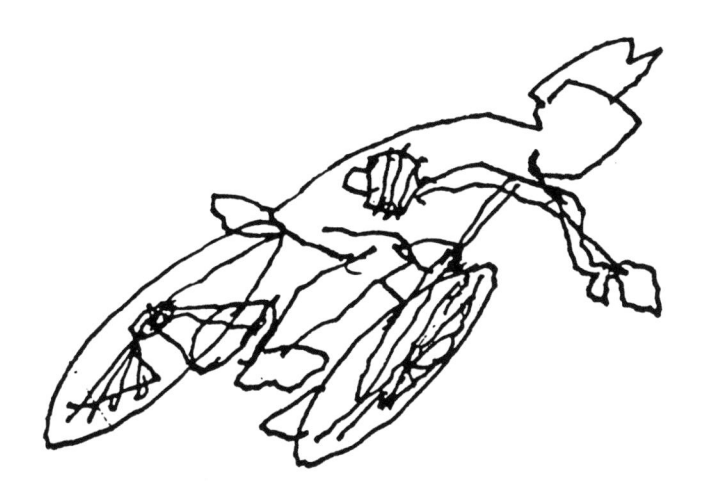

O Ciclista

Curvado no guidão lá vai ele numa chispa — e a morte na garupa. Na esquina dá com o sinal vermelho, não se perturba, levanta voo na cara do guarda crucificado. Um trim-trim da campainha, investe os minotauros do labirinto urbano. Livra a mão direita, abre o guarda-chuva. Na esquerda, lambe deliciado o sorvete de casquinha, antes que derreta.

É sua lâmpada de Aladino a bicicleta: ao montar no selim, solta o gênio acorrentado ao pedal. Indefeso homem, frágil máquina, arremete impávido colosso. Desvia de fininho o poste. Eis o caminhão sem freio, bafo quente na sua nuca. Muito favor perde o boné? A sombra lá no chão? O tênis manchado de sangue?

Atropela gentilmente e, vespa raivosa que morde, fina-se ao partir o ferrão. Monstro inimigo tritura com chio de pneus o seu diáfano esqueleto. Se não estrebucha ali mesmo, bate o pó da roupa e — uma perna mais curta — foge por entre as nuvens, a bicicleta no ombro.

Em cada curva a morte pede carona. Finge não vê-la, essa foi de raspão, pedala com fúria. Opõe o peito magro ao para-choque do ônibus. Salta no asfalto a poça d'água. Num só corpo, touro e toureiro, malferido golpeia o ar nos cornos do guidão.

Fim do dia, ele guarda num canto o pássaro de viagem. Enfrenta o sono trim-trim. Primeira esquina avança pelo céu trim-trim na contramão.

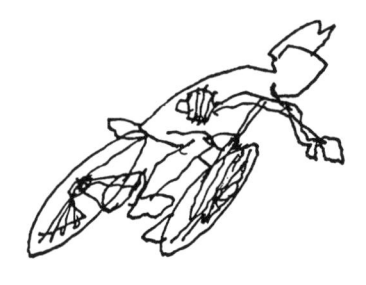

O Besouro

De manhã Lúcia foi se olhar no espelho, deu um grito: o bicho negro ferrado na boca. Muito esperto era ele, escondia-se dos outros. Quis mostrá-lo à mãe e ao irmão, somente ela podia vê-lo e, com a ponta do dedo, sentia-lhe a carapaça fria, seca, repulsiva.

Por causa do bicho, Lúcia evitava as pessoas, fechada no quarto; se alguém entrava, cobria depressa o rosto com lenço branco. Por vezes, o hóspede abandonava o seu posto, dissimulado entre a negra cabeleira.

Quase sempre ali: enorme, rapace, grudado ao beiço. Ela deixou de ir à mesa; comia sozinha no quarto. E definhava, o besouro subtraía o melhor pedaço.

Não há bicho algum, segundo a mãe e o irmão. Ora, se ela o escuta a roncar, gélido e pachorrento, no canto do lábio. De súbito remexe as muitas patinhas... Com a ponta da língua trêmula alisa-lhe o cascão, intumescido de gozo.

Lúcia sonha com a morte do irmão. Ao encontrá-lo pela manhã, a certeza de que ele é o bicho; apavorada refugia-se no quarto. No espelho aperta o beiço disforme, que se derrama sobre os dentes amarelecidos.

A família não pode contrariá-la, põe-se a bradar na janela, o irmão é um monstro. Reclamam os vizinhos ao porteiro, as crianças do prédio dormem de luz acesa.

Aos gritos Lúcia irrompe no quarto do rapaz:

— Você está cheirando!

— Eu, por quê?

— Está podre. Fede por toda a casa.

— Sou seu irmão, Lúcia.

— Não posso respirar. Ai, que podridão... O besouro eu sei que é você!

Furiosa o esbofeteia, o moço trava-lhe dos pulsos.

— Socorro, que o bicho me mata!

Com o auxílio da mãe, tranca-a no banheiro. Lúcia vai para a janela, descabelada:

— O bicho me prendeu. Ele está podre.

Lágrima nos olhos, o irmão examina-se no espelho, descobre com susto: um besouro negro ferrado na boca.

Senhor

Livra-me dos chatos e Te agradecerei, ó Senhor. Rouba-me o dinheiro, enterra-me em cada dedo a Tua unha encravada, mata-me de morte lenta e dolorosa, mas livra-me dos chatos. Há chato demais, Senhor, nesta Tua cidade. De piolhos cobre-me a cabeça, esconde o meu óculo, Senhor, mas livra-me dos chatos.

Eles podem mais que Teu rum da Jamaica, que Teu éter sulfúrico. De Curitiba fugiram os Teus anjos, Senhor, e se fugiram, eles que eram anjos, que será de mim?

Tuas pestes, Senhor, não afetam os chatos, são intocáveis ao Teu dedo? A menina de três anos estuprada por Claudionei eu Te perdoo, Senhor, a Valquíria que embebeu as vestes em álcool e ateou fogo eu Te perdoo, as duas senhoras Lucinda e Perciliana que se engalfinharam durante a missa na Tua catedral, eu Te perdoo porque Te entendo, Senhor.

Não Te entendo, ó Senhor, por que respeitas a eles, que são chatos. Por sua culpa já perdido o mel no lábio da virgem. Estragam ainda na xícara o gosto do café. Azedam o leite no seio da mulher grávida.

Endureceste o coração contra mim: sou eu Faraó e são os chatos Teu povo? Não me poupes, Senhor, entre os malditos é meu lugar. Sacode-me com Tua mão pesada, eu Te abençoo. Arrasta-me na cinza como fizeste com Jó. Ah, os amigos que mandaste a Jó não eram três chatos, Senhor?

Homem ao Mar

A mulher com os filhos descansava alguns dias na casa dos pais. De volta do escritório, André jantou sozinho, leu uma novela policial, perdido no apartamento. Revolveu-se na cama, sem poder dormir.

O álcool é o melhor tranquilizante, suspirou com seus botões. No pijama de bolinha, descalço, bebericava uísque puro — sob o olhar implicante do retrato da mulher. Contemplando a cidade, de sua janela no 10º andar, sentiu o apelo do mar, as ondas que sacodem na areia os lençóis brancos de espuma. Enxugou o copo, vestiu-se assobiando a valsinha *Abismo de Rosas.*

Às duas da manhã ligou a chave do carro e, na estrada, rompeu aos berros no *Mano a Mano,* capaz de dançar tango com passinho floreado. Aportou a Joinvile, descobriu no espelho uma cara desconhecida, de lobo selvagem: Que é, meu Deus, que vim fazer aqui? Perplexo, até que se lembrou: Ah, onde fica o mar?

No último boteco de luzes acesas é, não é, um antigo colega de faculdade? Novos copos de celebração, e a caminho da zona de mulheres, esclareceu ao amigo: Estou à procura do mar. Instalados à mesa do inferninho, o outro derrubou a cabeça na toalha úmida de cerveja. André bebeu até não poder; levantou-se cambaleante e suplicou, por misericórdia, um canto para dormir.

Despertou às cinco da tarde numa cama de vento, lavado de suor. Ai, sede feroz de água geladinha, escorrendo pelo queixo e pingando nos cabelos do peito... Desceu a escada sem corrimão, trêmulo agarrado à parede.

O colega? Na confusão escapulira o infame.

— Quanto é o quarto, dona?

— Tantos cruzeiros.

— Até que é barato.

— O doutor não quis mulher.

— Me desculpe. Muito bêbado.

Enfiou a mão no bolso, dinheiro que fim levou? Abriu os braços, patético:

— Fui miseravelmente roubado!

O leão de chácara cresceu à sua frente:

— Sossega, velhinho. Eu, hein?

Revistado sob o riso das pensionistas nos quimonos de sete cores. Deixou em penhor a carteira vazia, o relógio de pulso, a aliança.

Partiu de volta, olho ardido, garganta seca: não chegara a beber água e, desgraça maior, esqueceu na carteira o retratinho da mulher. Em Curitiba às sete da noite, barbado, imundo, camisa lambuzada de batom. Sapato na mão, ao insinuar-se no apartamento, surpreendido pela criada.

— A patroa já telefonou três vezes!

Um, dois, três palavrões e trancou-se no quarto. Encheu a banheira, preparou dose dupla de uísque, desta vez com gelo; deixou a garrafa à mão, no tapete.

Afundou na água tépida, apenas o copo de fora. E foi assaltado pela ânsia desesperada de ver o mar, de ir em busca do mar.

O Negro

    Diana mal fixa a atenção no filme. Retém-se a custo para não beijar o tipo da outra cadeira. Invadida por preguiça volutuosa, Branca de Neve na urna diáfana à espera do beijo do príncipe, já debruçado sobre ela, que antegoza a carícia e, ao mesmo tempo, reluta em despedir-se do ninho encantado.
    Cede à vertigem, cruza a perna, com o bico do sapato roça a calça do outro; fecha os olhos para não desmaiar. O estranho avança em surdina o cotovelo.

Com todas as forças, apavorada do escândalo — ali, ao lado do marido! —, afasta o braço. O vizinho, de repente assustado, ergue-se da cadeira, esfrega-lhe os joelhos em última delícia; prestes a chorar o amante ingrato, queda-se de olho arregalado no escuro.

Dia seguinte Diana esquece o incidente. Mas não seu corpo, atraído pelo odor inebriante do primeiro negro com quem cruza na rua. Para não acabar louca, na viagem do marido, resolve entregar-se a experiência tão medonha que ficará curada.

De noite escolhe o vestido mais velho, sai de carro. Longe de casa, desce e anda pelas ruas. Abordam-na um e outro tipo, não é o que procura. Dá com um negro qualquer; basta lhe aperte o braço, acha-se de perna trêmula, rendida de suspiros. Torna a si numa cama abjeta de hotel. A seu lado, aquele corpo reluzente, viscoso, cheirando... Horrorizada veste-se de mansinho.

Em casa sobe correndo ao banheiro, evita o quarto dos filhos. Demora-se na água morna da banheira, entorpecida de sais aromáticos, mulher estirada na praia e batida pelas ondas — corpo lavado das mãos pretas, pensamento em branco. Sonolenta, exausta, atira-se nos alvos lençóis. Então percebe, sacudida de tremores, que nunca poderá dormir. Possessa para todo o sempre, quer uma coisa, só quer uma coisa: o negro, ali.

Praça Tiradentes

Mariazinha, eu só peço que venha me ver em cima da mesa e perdoe tudo o que fiz para você.

Não ponha fora, amorzinho, o que eu lhe dei. Espero não falte na minha guarda.

P.S. Que esta carta seja entregue, não rasguem. Senão incomodarei a pessoa, não há de ter sossego, quero que ela leia.

Domingo ele a encontrou, na Praça Tiradentes, passeando com a amiga.

— Como vai, Maria?
— Vou bem. E você?
— Eu também. Está tão bonita!
— Ah, é...
— Você vai bem, Maria?
— Já disse que sim!
— Ah, bem, é que eu...

Ela batia no sapato com a ponta da sombrinha azul. Raimundo enfiou a mão no bolso, sentiu a carta dobrada.

— Não gosta mais de mim?

Ela não respondeu. O pobre moço tinha o olho vermelho e, para não chorar, estralou o nó dos dedos.

— Bem, queria me despedir.

Mostrando os dentes sujos de fumo, Raimundo pediu em voz baixa. A moça batia com a sombrinha no sapato. Um pouco afastada, a amiga não podia ouvir.

— Não me chame de Mariazinha!
— Maria, desculpe. Vem para casa, Maria?
— Ah, é...

Ele gostava dela: era linda. Olhou para ele como quem olha uma cadeira, uma pedra, um chapéu velho.

Deu para ela: um corte de vestido estampado, um estojo de matéria plástica, dezessete pacotes de pipoca, alguns de bala azedinha, cinco ou seis garrafas de gasosa de framboesa, um vidro grande de perfume *Noites de Amor,* dois cigarros de maconha, cem gramas de bombom com licor, um crucifixo, um pente de vidro (diferente), uma foto colorida com dedicatória, o bigodinho, um par de sapatos prateados. Daí ele pediu: Você me dá?

Mundinho, você esqueceu do que te dizia, nunca acreditou que eu não te gostava, mas eu sabia que não ia ter amor. Amor para nascer bom tem de ser do coração. Minha consciência fica limpa, nunca sujei tua cara nos cinco meses de casada. Bom, você quis gostar de mim, quando se arrepender é tarde — Maria.

Ela disse que não. Ele pediu, pelo amor da santa mãezinha, em nome de Jesus Cristinho. Segunda vez ela disse não. Não, ela disse.

Um cachorro danado que estala os dentes (é a amiga que conta), Raimundo queria morder o próprio rosto. De repente o revólver explodiu na Praça Tiradentes.

Tão linda, Maria sangrava por três bocas. Caída na rua, ela já não era — um vestido vermelho fora do corpo.

O Gato Chamado Marreco

Ali se oferece no degrau da porta — e vê-lo não é amá-lo? — inteirinho branco. A mãe não quer: dá azar, é asmático, não gosta de você mas da casa. Vai entrando, logo se aninha no móvel predileto: a *sua* cadeira, a *sua* almofada. Ignora a utilidade do caixão com areia. Suja o tapete e foge como... um gato? sim, um gato e, saltando a janela, derruba o vaso de violeta.

Manhã seguinte volta e, perdoada a reinação, acolhido com festinha. Chega imundo, cara de sono. Dão-lhe o primeiro banho, aplaudido por todos, vaidosos da graça com que limpa o sabão do olho.

Nome tem muitos, até o de Marreco ou... Como estabelecer o sexo do gato? Sugere a criada que é gata, de colinha no ar. Ora, opinião de doméstica, você decide que é Marreco.

Do gato ama as orgias — torna manhã alta, olho preto, e miando. Sobe no pé de glicínia, ó de casa, abre logo essa porta! Servem leite, que desdenha. Exige alimento de homem: a criada traz carne picada, que o Marreco, sem tirar as mãos do bolso, mordisca de olhinho fechado. Deita-se — não mais na cadeira — no *seu* sofá, onde bate sol, dorme até a tarde. Cheio de dedos, insinua-se por entre os vasos, afasta as flores e bebe água no pires — muita farra dá sede.

Se alguém o chama ver um rato, o Marreco geme — ai que soninho, meu Deus! Nem se abala, um bocejo estremece a ponta da cauda. À noite, a mãe fica só, bordando ao lado do rádio; ele vem de mansinho, salta no colo e morde-lhe delicadamente o queixo. Olho verde deste tamanho — plaf! um tabefe de amor, encolhendo as unhas. Faz sala até as dez da noite, desfralda a colinha entre as pernas das cadeiras. Afinal vai miar na porta.

Com espanto da família, o Marreco dá para caseiro. Caça rato no quarto escuro e a gente sabe onde está pelo seu ronco de fome. Cada dia mais gordo, sem poder com a barriga, as maminhas desabrocham escandalosas.

Cochila noite e dia, espichado de pança pro ar, na qual se agita uma vida alheia. Erra pela casa que inspira dó, sem saber o que se passa com ele.

Ao vê-lo brincar com um novelo de lã, nossa família descobre — o bichano é Marreca!

Ela suspira os seus ais, serão quantos capetinhas a dar de comer? Não deve subir escada, a um canto da sala a *sua* almofada. Engorda a Marreca e choram as muitas bocas prestes a nascer das seis tetinhas róseas.

Cem Contos

    Você manda dizer que não tem decisão sobre o meu caso, quer dizer que está perdido, eu não quero saber, quero o dinheiro na minha mão seja como for, dezenove anos que vivo nesta ilusão, cheia de esperança e no fim tudo perdido, por tua causa que nunca se interessou no meu caso, tem que dar conta do dinheiro, na minha mão eu quero cem contos sem falta, esperava esse dinheiro para o fim da minha vida, minha velhice, ando muito doente, sem poder me tratar, você pensa que me deixa na miséria depois de tanta esperança, dando risada depois que desfrutou a minha beleza, não pense que fica assim, você é responsável pela minha perdição, há muito devia ter resolvido o meu caso, você me abandonou e nunca ligou, só interessado em se aproveitar de mim, era donzela quando me desencaminhou, trate de dar um jeito no corpo, quero meus cem contos, esperando de braços abertos e depois de vinte anos não tenho mais direito, é isso que você pensa? eu quero o dinheiro da pensão, você me responda sem falta, senão vou aí na tua casa, envergonhando você na frente da tua família, nunca ligou para a minha pensão, se fosse para a cadela que já foi para os quintos você tinha se mexido, olhe que não estou brincando, eu quero o que é meu, depois de dezenove anos você não me larga na miséria, velha, doente, e fica se regalando, ganhando bem, e me deixa arruinada, quero o que prometeu a tua palavra de amante, meus cem contos, já não me incomodo com os juros, é favor responder esta cartinha, senão eu vou aí e será pior para você, arranco os cem contos ou o teu coração com as unhas, sem mais aceite um beijo da sempre tua

              Cidinha.

Mãe e Filho

A cara do outro no espelho piscava o olho maldito. Entre os gestos possíveis o mais feroz: rapou o bigodinho. Na carne esponjosa do narigão luzia uma espinha.

Desceu a escada, com risinho sinistro: "Se existisse Diabo queria ser ele".

— Rezei não estivesse doente, meu filho. São oito horas!

Sempre a mãe.

— Meu filho, perde a hora do emprego.

Ó Deus, perder-se na danação: danado? Ao contrário, tímido e de cabelinho penteado.

— Meu filho, venha tomar café.

Visão da manhã: o açúcar derretido no fundo da xícara.

— Não quero.

— Tem rosquinha, meu filho.

— Já disse que não. A senhora é...

Palavras, antes combatê-las com o silêncio. No lar, cada coisa em seu lugar: na sala o quadro da Santa Ceia, à cabeceira da cama o Crucifixo, o pano de pratos na parede da cozinha — "O pão nosso de cada dia nos dai hoje".

À noite, não mais a enfrentar, cerzindo a velha meia.

— É você, meu filho?

A longa espera, quase adormecida na cadeira, para lhe oferecer leite ou, se preferisse, chá e biscoito. Embora com vontade, sempre recusava. Cortar os braços que o apertavam... ai, filho ingrato. A frase de incompreensão a todo gesto:

— Meu filho, o sinal da cruz.

Que o chorasse, depois de partir, digno então de cada lágrima.

A casa culpada, ele não era o outro que devia ser. Só se salvaria longe. Aqui, o destino: o padre-nosso, a mãe, o patrão. Hoje eram as migalhas de ontem.

Se fugisse, poderia voltar com o orgulho de ter-se perdido. Fora da porta, patético e lírico; em casa, nenhum mistério para ninguém.

— Meu filho, leve o chapéu. Não ande, meu filho, em má companhia.

Certo, ela o amava. Como a um filho morto e crucificado no ventre.

Modinha

Lapa dos pecados singelos ao som do mavioso samba *O Lencinho Branco,* na clarineta do maestro João Mariano; ai! Lapa do crime fatídico da machadinha; dos bailes no 7 é interrompida a música se tem cafajeste no salão; Lapa do violento futebol de botão entre os pais de família; da janela do sanatório a mocinha fraca do peito atira beijo ao cavaleiro a galope na estrada; da procissão na Semana Santa com o Senhor de louça dos Passos, que sacode os cachos ao compasso da *Dolorosa;* Lapa noturna o vento do mar nasce no beco de nhá Vida e negro bêbado assobia nas esquinas, mais assassino que o punhal de Gumercindo Saraiva; a Lapa da doce cadela Pombinha; ai! Lapa da congada de sapos na Rua das Tropas; Lapa onde ver o trem é uma alegria para toda a vida; das antigas salas e escuros corredores, à meia-noite um escravo arrasta as correntes e pede trago de cachaça, meu sinhô; Lapa da água do Monge, os peregrinos se banham e avisam de longe: *Se for mulher não chegue, tem homem pelado!* e dos casarões de telha goiva, em cada alcova já morreu avô, pai e neto; Lapa legendária do único fuzilamento do sargento Bexiga no campinho dos Lacerda, em 1893, só que não houve; Lapinha ai! da Rosa Maria na missa das onze, radioso arco-íris de vestidinho branco; Lapa do silêncio tão fundo você escuta os passos da estátua do General Carneiro; e da broinha de fubá mimoso santificada pelas mãos de dona Cecília; do teatrinho São João lá chegou uma vez Dom Pedro II recitando em francês um soneto de Victor Hugo sobre o céu azul da Lapa; de nhô João que bradou para o gato: *Sai-te, gato posterior, não sejas tão infalivelmente!* ai, ai! Lapa por ti e as tuas polaquinhas de nhá Joana sopro a nota mais alta na flauta de bambu.

Toco de Vela

    Ele é igual a você, mas não os olhos: azuis de espanto. O que eles veem é de dar muito espanto. Valdir cospe no ar — do seu cuspo andorinhas batem asas. Riem-se os tolos, não é tempo de andorinha.

    Amarra com barbante a manga do paletó. Tem um homem, diz ele, que produz raios debaixo da manga.

    — Está vendo aquele anjo da guarda sentado na nuvem azul?

    — Estou.

— Quer que o derrube?

— Com o quê?

Pronto estatela-se o anjo a nossos pés que nem casca de banana.

Não pode ver chapéu — sob cada chapéu uma tartaruga. Nem o raio atravessa a sua carapaça. Na porta do restaurante que anuncia sopa de tartaruga, Valdir para. Um pé no ar, finge-se de árvore. O bicho, a cabeça dentro da casca, dele não desconfia. Imita árvore tão bem que duas e três folhas nascem na ponta da unha. A tartaruga se distrai. Valdir retira alfinete da manga, enterra-o na mole cabecinha nua. Caça por esporte, não me acompanha na sopa. Em vez do chope duplo, mordisca a bolacha de papelão.

Valdir não é um bêbado, ó filhos da mãe. Ele bebe, confesso. Bebe éter, formicida, soda cáustica, arsênico, gengibirra. Depois escala os telhados, ébrio de alegria. Ah, ele ama os telhados. Debaixo da manga tem munição para sepultar Curitiba em dilúvio de trovões. Nunca o fez, um fraco pelos beirais antigos da Praça Tiradentes. Deita-se, a mão na nuca, sem quebrar uma telha goiva e, surdo à bruxa gritando da janela, deixa que os pardais façam ninho no seu cabelo grisalho.

Treme ao ver canivete, faca, simples lâmina de barbear na mão de um bobo. Receia pelos bobos, uma lâmina é para fazer a barba? Prende-a nos dentes e, sem cortar a língua, assobia — ao seu apelo os afogados do rio Belém põem a cabeça fora d'água. Na tarde calmosa, abre as veias do pulso para saciar os morcegos da igreja da Ordem. Com o canivete grava o nome de guerra num grão de arroz: Toco de Vela.

Faz de conta que é a espadinha do Marechal de Ferro. Aprende a ser estátua; ah, os ratos, apenas os ratos piolhentos são felizes em Curitiba. Como dar de comer às andorinhas, sendo bronze, é a sua dúvida.

O bombeiro estende a escada para que ele atinja o telhado mais alto, o afogado levanta a cabeça ao seu assobio, o restaurante anuncia sopa de tartaruga e nos olhos de Valdir desmaia o azul: é o tédio.

Pelas telhas insinua-se na farmácia do Joãozinho, surrupia duas garrafas de éter sulfúrico.

Estira-se no soalho, os dragões purpurinos ali na parede não o consolam: reles dragões purpurinos. Valdir derrama um frasco de éter no travesseiro e cobre o rosto. Na mão esquerda aperta o segundo vidro de reserva.

O Leão

A menina me leva diante do leão, esquecido por um circo de passagem. Velho e doente, não está preso em grade de ferro. Solto no gramado, a fina tela de arame é escarmento ao rei dos animais. Não mais que um caco de leão: perna reumática, juba emaranhada e sem brilho. O olho globuloso fecha-se cansado. Ali no focinho sete ou oito moscas, que não tem ânimo de espantar. Da grande narina escorrem gotas, quem sabe lágrimas.

Observo em roda: todos adultos, sem contar a menina. Somente para nós o leão conserva o antigo prestígio — as crianças em volta dos macaquinhos. Um dos presentes explica que o bicho tem as pernas entrevadas, a vida inteira na minúscula jaula. Derreado, não pode sustentar-se de pé.

Chega-se um piá. Desafiando com olhar selvagem o leão, atira-lhe cascas de amendoim. O rei sopra as narinas, ainda é um leão: estremece a grama a seus pés. Ignora a provocação e remói a carne dura no canto da boca. Um de nós protesta que deviam servi-la em pedacinho.

— Ele não tem dente?

— Tem sim, não vê? Não tem é força de morder.

Continua o moleque a jogar amendoim na cara devastada do leão. Ele nos olha e um por um baixamos a cabeça: qual de nós não conhece a derrota? Está velho, artrítico, não se aguenta das pernas, mas é um leão. De repente, sacudindo a juba, põe-se a mastigar o capim. Ora, leão come verde! Lança-lhe o guri uma pedra: acerta no olho lacrimoso e dói.

O leão exibe os poucos dentes amarelos, não é um bocejo. Careta de dor, eleva-se aos trancos nas pernas tortas. Sem sair do lugar, fica de pé. Escancara o negro beiço mole, ouve-se a rouca buzina de fordeco antigo.

Por um instante o rugido mantém suspenso o macaquinho, bate mais depressa o coração da menina. O leão troveja seis ou sete urros. Exausto, cai de lado, fecha o olho para sempre.

Apelo

    Amanhã faz um mês, ai não, a Senhora longe de casa. Primeiro dia, na verdade, falta não senti. Bom chegar tarde, esquecido na conversa de esquina. Não foi ausência por uma semana: o batom ainda no lenço, o prato na mesa por engano, a imagem de relance no espelho.
    Com os dias, Senhora, o leite primeira vez coalhou. A notícia de sua perda veio aos poucos: a pilha de jornais ali no chão, ninguém os guardou debaixo da

escada. Toda a casa um corredor vazio, até o canário ficou mudo. Não dar parte de fraco, ah, Senhora, fui beber com os amigos. Uma hora da noite eles se iam. Ficava só, onde o perdão de sua presença, última luz na varanda, a todas as aflições do dia?

Sentia falta da pequena briga pelo sal no tomate — meu jeito de querer bem. Acaso é saudade, Senhora? Às suas violetas, na janela, não poupei água e elas murcham. Não tenho botão na camisa. Calço a meia furada. Que fim levou o saca-rolha? Nem um de nós sabe, sem a Senhora, conversar com os outros: bocas raivosas mastigando. Venha pra casa, Senhora, por favor.

Quatro Tiros

Na festa da igreja, José arremata um cartucho de amendoim e oferece a diversas pessoas, entre as quais Lauro, que protesta:

— Quem come amendoim é só criança!

José estende cigarro de palha, não o leve a mal, se quiser decidem o caso na hora.

Mais tarde, na barraca de bebidas, prevenido por um conhecido:

— Está falando de você. Não faça conta.

Pronto a voz furibunda:

— Esse filho da mãe do José eu sei que mato.

— Você conhece minha mãe, lazarento!

— É agora, carniça — investe Lauro, o punhal de cabo de chifre.

— Não venha — e apara o golpe no braço esquerdo.

Recebe um corte no mindinho. Outro no peito espirra de sangue a camisa branca. Sangrando muito, José saca do revólver. Dá o primeiro tiro para o chão. O segundo atinge o pé de Lauro, sempre a arremeter com o punhal. Mais dois tiros acertam na barriga e no peito. Com os pulos, perde o sapato, ainda quer correr, afunda a cara no pó.

Um amigo ajoelha-se ao lado, pergunta o que sente.

— Estou atirado.

Quer saber quem fala.

— Sou eu, o Tito.

Lauro pede baixinho que o leve para casa. Alguém segura uma vela na mão do ferido, que solta longo suspiro, estica bem os pés.

Nos bolsos um lenço xadrez, uma carteira vazia, uma medalha de cobre, um pente, um espelhinho redondo.

Em Família

A mulher me envenenou, sempre me tratava bem, ela me deu vidro moído no pão com manteiga. Chamei o carro-forte, mas não foi presa. O guarda me bateu com a borracha até eu cair, quando acordei foi no Asilo Nossa Senhora da Luz. Da janela gritei para os filhos que me livrassem de lá. Os dois olharam como se a janela estivesse vazia.

Veio o enfermeiro com um aparelho de injeção dizendo que era o raio X. Eu respondi que não queria. Chegaram os filhos, fui amarrado na cadeira, me enfiaram a agulha por cima da camisa.

Com um lençol na cabeça levado para outro hospital, novas injeções me deixaram bem doente. Fugi na chuva, sete dias perseguido por um filho e um cunhado. Lá no albergue noturno um vira-lata cego me lambia a mão. Os dois filhos olhando a janela sem ninguém era o que mais doía.

Todo mundo sabe o que aconteceu. Um médico atestou a meu favor, outro contra mim. Entrei em casa e dois secretas, sentados nas poltronas, bebiam licor de ovo com minha mulher.

Ela me perguntou que dia era e piscou para os secretas. Eu respondi que não tinha folhinha. Ela disse que aceitaria o desquite se eu desse a metade do dinheiro. Só perguntei se achava que eu tinha cara de louco.

Certidão

Eis que compareceu o senhor M. L., brasileiro, casado, comerciante, quarenta e nove anos, o qual, perguntado pelo MM. Dr. Juiz, prestou as seguintes declarações: QUE não é verdadeira a afirmação a si atribuída de que Júlia R., filha de L. R., brasileira, solteira, menor, não fosse moça donzela, pois a conhece de muito tempo e sabe ser ela honesta, trabalhadeira, não enjeitando tarefa; QUE, sendo o declarante casado, dedicado ao seu negócio de secos e molhados e à vida do lar, é falsa a imputação da testemunha C. T., de que tivesse dirigido propostas a dita Júlia, sugerindo-lhe que abandonasse o lar paterno e ele, declarante, esqueceria mulher e filhos menores para lhe montar casa, cobrindo-a de joias; QUE não é verdade ter sido o declarante surpreendido no seu armazém, na ocasião em que dita Júlia foi fazer compras, querendo embebedá-la com licor de ovo e tentando fechar a porta, com dita Júlia lá dentro, só não o logrando porque se assustou com os gritos da referida menor, isso na ausência de sua esposa Olinda, que lavava roupa no rio; QUE, se o declarante foi reconhecido por diversas testemunhas rondando, altas horas da noite, a casa da dita Júlia, justifica a sua presença em quintal alheio por gostar muito da caça de rã e, no sábado, porque está enjoado de comer galinha no domingo; QUE o declarante conhece de longe a menor Júlia, tendo muita pena dela por ser caolha e acha que é franzina para a idade; QUE não é verdade ter o declarante se vangloriado, perante várias testemunhas, de estar, segundo as suas mesmas palavras, curando o olho da vesguinha, sendo a vesguinha no caso dita Júlia, e isso aos sábados de noite, sob uma ameixeira, no quintal da casa de L. R., o que ele, declarante, nega de pés juntos pedindo que, se não estiver dizendo a verdade, fique cego para não ver os próprios filhos e caia duro e morto na porta deste Juízo de Direito; QUE confirma sua declaração inicial de que dita Júlia é moça muito virgem, não pretendendo a alteração desse estado, na parte que lhe caiba a ele declarante, o qual suplica ao MM. Dr. Juiz o mande em paz para sua casa, prometendo sob palavra de honra nunca mais ir à caça de rã. E nada mais se continha em dita peça dos referidos autos, à qual me reporto e dou fé.

Circo

Em volta do circo enfeitado de todas as cores rondam os piás para furar de ratão. Na rua as negras oferecem café com bolinho da graxa. O peludo de uniforme com botões prateados recebe as entradas. Balança entre os mastros vermelhos o trapézio do salto da morte — há espetáculo mesmo com chuva.

Três pancadas na madeira, iluminam-se as caras à roda do palco; no silêncio, estalido de amendoim, tosse, chupão de dente. Na roupagem deslumbrante, os atores entram em cena com medo de tropeçar no tapete. A criada anuncia: *O Conde de Monte Cristo.* Galante sorriso, ele beija a mão de Mercedes — o Conde de Monte Cristo só tem dois caninos.

Os floreios de linguagem arrancam aplausos ao distinto público: *Ó! Bom dia, gentil Marquês.* O Marquês: *Ó! Bom dia, caríssima Condessa.* Na geral, os soldados agitam as botinas sobre a cabeça dos atores. Ao finar-se o toureiro, em *Sangue e Areia,* derruba a vela acesa do altar; senta-se de repente, sopra a vela, de novo cai morto (assobios).

Na penumbra as vozes deslumbradas dos piás. Uma confusão entre os vendedores de pipoca e de capilé. Um cachorro que se insinuou debaixo do pano cruza o palco. Oscilam os mastros quando o trem apita no fundo do campinho. Estalam as tábuas: são duros assentos. O grande trágico que honrará esta noite a ilustrada plateia recita o seu monólogo. O cachorro torna ao palco — *Passa, guapeca!* —, ruge o ator no meio da arenga.

O ponto resfriado, sua tosse não deixa ouvir os atores. Lencinho de renda na mão, a heroína de *A Roda dos Enjeitados* ou *Perdição de Virgem* luta com o sedutor: *Para trás, miserável!* (silêncio) *Respeita a tua mãe!* (palmas).

Gargalha o vilão de bigodinho em riste: *Ainda hás de ser minha!*

Terceira vez entra o cachorro em cena.

Em Busca de Curitiba Perdida

Curitiba, que não tem pinheiros, esta Curitiba eu viajo. Curitiba, onde o céu azul não é azul, Curitiba que viajo. Não a Curitiba para inglês ver, Curitiba me viaja. Curitiba cedo chegam as carrocinhas com as polacas de lenço colorido na cabeça — galiii-nha-óóó-vos — não é a protofonia do *Guarani*? Um aluno de avental branco discursa para a estátua do Tiradentes.

Viajo Curitiba dos conquistadores de coco e bengalinha na esquina da Escola Normal; do Gigi, que é o maior pidão e nada não ganha (a mãe aflita suplica pelo jornal: *Não dê dinheiro ao Gigi);* com as filas de ônibus, às seis da tarde, ao crepúsculo você e eu somos dois rufiões de François Villon.

Curitiba, não a da Academia Paranaense de Letras, com seus trezentos milhões de imortais, mas a dos bailes no 14, que é a Sociedade Operária Internacional Beneficente O 14 De Janeiro; das meninas de subúrbio pálidas, pálidas que envelhecem de pé no balcão, mais gostariam de chupar bala Zequinha e bater palmas ao palhaço Chic-Chic; dos Chás de Engenharia, onde as donzelas aprendem de tudo, menos a tomar chá; das normalistas de gravatinha que nos verdes mares bravios são as naus Santa Maria, Pinta e Niña, viajo que me viaja.

Curitiba das ruas de barro com mil e uma janeleiras e seus gatinhos brancos de fita encarnada no pescoço; da zona da Estação em que à noite um povo ergue a pedra do túmulo, bebe amor no prostíbulo e se envenena com dor de cotovelo; a Curitiba dos cafetões — com seu rei Candinho — e da sociedade secreta dos Tulipas Negras eu viajo.

Não a do Museu Paranaense com o esqueleto do Pithecanthropus Erectus, mas do Templo das Musas, com os versos dourados de Pitágoras, desde o Sócrates II até os Sócrates III, IV e V; do expresso de Xangai que apita na estação, último trenzinho da Revolução de 30, Curitiba que me viaja.

Dos bailes familiares de várzea, o mestre-sala interrompe a marchinha se você dança aconchegado; do pavilhão Carlos Gomes onde será *HOJE! SÓ HOJE!* apresentado o maior drama de todos os tempos — *A Ré Misteriosa;* dos varredores na madrugada com longas vassouras de pó bem os vira-latas da lua.

Curitiba em passinho floreado de tango que gira nos braços do grande Ney Traple e das pensões familiares de estudantes, ah! que se incendeie o resto de Curitiba porque uma pensão é maior que a República de Platão, eu viajo.

Curitiba da briosa bandinha do Tiro Rio Branco que desfila aos domingos na Rua 15, de volta da Guerra do Paraguai, esta Curitiba ao som da valsinha *Sobre as Ondas do Iapó,* do maestro Mossurunga, eu viajo.

Não viajo todas as Curitibas, a de Emiliano, onde o pinheiro é uma taça de luz; de Alberto de Oliveira do céu azulíssimo; a de Romário Martins em que o índio caraíba puro bate a matraca, barquilhas duas por um tostão; essa Curitiba merdosa não é a que viajo. Eu sou da outra, do relógio na Praça Osório que marca implacável seis horas em ponto; dos sinos da Igreja dos Polacos, lá vem o crepúsculo nas asas de um morcego; do bebedouro na pracinha da Ordem, onde os cavalos de sonho dos piás vão beber água.

Viajo Curitiba das conferências positivistas, eles são onze em Curitiba, há treze no mundo inteiro; do tocador de realejo que não roda a manivela desde que o macaquinho morreu; dos bravos soldados do fogo que passam chispando no carro vermelho atrás do incêndio que ninguém não viu, esta Curitiba e a do cachorro-quente com chope duplo no Buraco do Tatu eu viajo.

Curitiba, aquela do Burro Brabo, um cidadão misterioso morreu nos braços da Rosicler, quem foi? quem não foi? foi o reizinho do Sião; da Ponte Preta da estação, a única ponte da cidade, sem rio por baixo, esta Curitiba viajo.

Curitiba sem pinheiro ou céu azul, pelo que vosmecê é — província, cárcere, lar —, esta Curitiba, e não a outra para inglês ver, com amor eu viajo, viajo, viajo.

O Duelo

José vai morar na velha casa, o quintal cheio de gatos. Ele não gosta de bicho, espalha à noite iscas de carne envenenada. Descobre ninhada de gatinhos, mete-os no saco e com um porrete malha os pobres-diabos. Furada de unhas, a bola de estopa arrasta-se pelo chão, espirra de sangue as paredes. Quando acerta numa cabeça ela explode, laranja podre ao cair do galho.

Acaba com todos os gatos do quintal, menos um — é afeiçoado a casa, não ao antigo dono.

Prepara bolinhas com arsênico, o gato não come. Por muitos dias não vê o inimigo. Segue o rastro: a cabeça crua de galinha, ali a seus pés, roubada da lata de lixo. José vai lidar nas roseiras e, na terra fofa, a maldição do cocô enterrado. De noite, chega da rua e na escada avista o bichano: espantoso, negro, belo.

Deitado na cama, ouve as unhas lá na tampa da lata — engorda à sua custa. O gato bebe a *sua* água do balde, enrolado no *seu* capacho. José, terror da família, desafiado por um vagabundo, que o adota seu dono. Um estalo da língua, virá rastejando lhe beijar o sapato... Ah, esmagar a sua cabeça que nem uma ponta de cigarro. Planejando assassiná-lo, não dorme. A mulher comenta:

— Parece louco, José. O gato não lhe fez mal. É bicho de Deus.

Antes do gato, não se atrevia a falar naquele tom. José tosse: os pelos do outro no ar... Certa feita encurrala-o no canto da casa. Avança de cacete em riste, o diabo agarra-se à parede e vai ao chão, de unhas quebradas. A pancada rebenta um dos quadris obscenos. Mal ferido, ainda se arrasta pelo jardim.

José cobre a cabeça para não ouvir os gritos de uma gata amorosa. São muitos bichanos, reconhece a voz do seu entre todos. Uns olhos fosfóreos alumiam o quarto. Garras sobem-lhe pela roupa, enterram-se na carne — e desperta com miado horrendo.

A casa pequena para os dois. Bebe no botequim, ao outro a mulher elegeu campeão da família. Com a mão na porta, escuta um dos filhos:

— Mãe, o pai tem raiva do nosso gato?

Cantando volta de madrugada. Não o encontra há três dias; quem dera morto, no fundo do porão, um bico de galinha na negra garganta. Ao pé da escada, olha para cima: duas pequenas luas no último degrau. É a coisa, viva, comendo...

Atira-se para a estripar com unhas e dentes. O maldito foge. José tropeça e rola pela escada. Choraminga, pescoço quebrado, boca mergulhada no lixo.

A porta da cozinha não se abre. A família escolheu o outro, que mia em torno do moribundo — o gato da casa a carpir o dono querido.

Confidência

Meu amigo André me confessou que um vizinho por nome Hugo de tal quer botar fogo no mundo, modo de pensar contrário ao de André e, se ele deixar que o outro lhe enterre uma agulha de tricô no ouvido esquerdo, poderão os dois, segundo o vizinho, derrubar até aviões, assim dominarão o mundo em partes iguais, não é que ele, André, na manhã de hoje, foi avisado por um apóstolo que Hugo e a mulher iam vazar-lhe o olho com a agulha, antes que fosse descoberto carregou uma espingarda de chumbo perdigoto, quando a mulher de Hugo foi tirar água do poço acertou um tiro, ao mesmo tempo que levantava um bando de pardais a sujeita saiu correndo e gritando — *Estou atirada,* apenas disparou na moça porque ela e Hugo queriam matá-lo, estavam com um ninho de metralhadoras no paiol e, aprisionado André, tomariam os dois conta do exército do céu, e foi ele, o bandido do vizinho, foi ele quem roubou a cadelinha de nome Teteia, roubou, matou e comeu.

Cela 25, Corredor Comum

PENITENCIÁRIA CENTRAL DO ESTADO.

Caro amigo José, por motivos que não posso dizer, já que ninguém neste mundo é senhor do seu destino, se o fosse teria naturalmente o poder de fugir do mal e, dessa forma, traçaria novos rumos para a sua vida, a qual jamais seria imperfeita e dolorosa, ninguém almejaria a desgraça para si próprio e ainda mais eu que nem sequer a desejo para os meus inimigos.

Como ia dizendo, a finalidade desta cartinha é solicitar a minha substituição pelo Segundo Secretário, enquanto estiver pagando o restante dos meus pecados, contraídos na última encarnação, porque os desta eu tenho certeza de que já paguei.

Peço mil desculpas e também comunicar ao nosso Presidente, para o qual prometi trabalhar nas eleições, o que já estava fazendo com muita satisfação, ele sempre mereceu e há de merecer as homenagens dos sócios congregados em torno da nossa gloriosa bandeira.

Não esqueça de pedir desculpas somente ao Presidente e ao Segundo Secretário, nem todos devem saber do acontecido, para evitar má interpretação das leis superiores que, como dizia o poeta, movem o sol e o peito fingido das mulheres.

Saudares do Primeiro Secretário do Bola de Prata Futebol Clube.

Ela e Eu

Maçã na gaveta, para ela amadureço. Sinto o seu beijo na nuca quando estou só. Tem os meus olhos nos retratos antigos. Cão de guarda, não dorme sem me lamber o sapato. De manhã é entregue com a garrafa de leite.

Não se veste de negro, não tem voz cavernosa: tímida, violenta e míope igual a mim. Ai, tanto ela me quer bem — cura a minha tosse, lava o meu pé. Enfeita-me com o seu dinheiro. Dela foi a primeira calça comprida, a namorada, o bigodinho. Cada aniversário desembrulho antes dos outros o seu presente: a figurinha premiada de bala Zequinha. Desenha a palma da minha mão. Na febre enxuga uma gota de suor no meu umbigo.

É o travo matutino na boca, a secreção no canto do olho, o sangue da pulga no pijama. Graças a ela não tive meningite em criança. Me poupou do rum da Jamaica, do navio de Sindbad. Come no meu prato, dela não sinto nojo.

É o açúcar derretido no fundo da xícara. O sal da batatinha frita, o cheiro da meia usada, um toque de caspa no paletó.

Ela é a minha, é a tua morte, João.

Nhá Zefa

Nhá Zefa sofria de pressão alta; ai dela, se não cuidava da casa, que seria do seu pobre velho? À noite, jantou bem, tomou café de sobremesa. Depois limpou a mesa e lavou a louça.

A dona murmurava o terço. O velho passava mal e mal uma água nos pés. Os ossos estalando, ela encolheu-se no canto da cama. O velhote soprou a vela. Foi nhá Zefa puxar a coberta, gemeu:

— Ai, uma dor na nuca. Zico, me acuda.

Ligeiro pulou o velho, bateu-se para achar fósforo — a mulher já nos estertores.

Sobre a cômoda deu com um tubo de Pílulas de Vida. *É o que me acode* — receitava nhá Zefa às comadres —, *é o que me salva.*

Com a vela na mão, tentou fazê-la tomar o remédio: a mulher não engolia. Daí botou a pílula na boca, encheu de água, cobriu a gengiva da velha, despejou lá dentro.

Correu aflito ao quarto da filha:

— Maroca, depressa. Nhá Zefa nas últimas...

Com o derradeiro suspiro da mulher calou-se o relógio na parede. O corpo foi estendido sobre a porta retirada do batente, suspensa em duas cadeiras.

— Ela disse outra coisa que não entendi — insistia o velhote, sentadinho ao pé do fogão. — Foi tão de repente. Parece que já volta.

Zulma, Boa Tarde

Zulma, boa tarde, desde a maldita hora em que saíste pela porta, abandonado não tive mais sossego, quero somente o teu bem, aquele homem não te merece e sei que você tem sido infeliz com ele.

Zulma, és moça ainda e poderás ter uma boa sorte, deixa de ilusão e terás na minha companhia uma existência cheia de flores ou por outra cheia de encantos. Zulma, esquece o ingrato que não sabe te recompensar e além do mais é casado, se quiseres Zulma dar-te-ei tudo o que te agradar e estiver nas minhas posses, não digo que uma vida de princesa, ao menos andarás mais bem trajada e terás bom passadio.

Eu é que não tenho me sentido bem, aquela noite me deitei para não mais levantar, definho sem esperança no fundo da cama, manda uma palavra de consolo a este pobre coitado, cuja única doçura na vida é gostar de você, pode que uma cartinha tua seja a minha salvação, na hora em que estou escrevendo me representa estar te vendo.

Zulma! Zulma!

é o nome mais santo que escutei neste mundo, trezentas vezes por dia me lembro de você, ingrata querida, só te esquecerei quando fechar os olhos, estou escrevendo e as lágrimas correndo no papel. Caso ainda esteja vivo, passarei por tua casa domingo à tarde, de terno azul e gravatinha borboleta.

Lauro.

P.S. Desculpe a mão tremida, escrevi sentado na cama.

Retrato de Katie Mansfield

Querida Miss Beauchamp que tinha pulmão pleurítico e como Jennie, Betsie, Minnie, as cavadoras de ouro, fugiu num barquinho de papel, lá da Nova Zelândia, desonrando as trêmulas cãs do Papá, *c'est la vie,* má Miss Beau.

Bebia capilé no *garden-party* de coroação do Rei Eduardo, *dear, ó dear,* dois pileques por dia no quarto e vomitava na bacia de louça, com a franjinha toda alvoroçada, up lá lá!

Um pintarroxo entre as unhas roxas, soltava-o pela janela... Na cama por fazer, saco de ossos retorcido, de casaquinho e touca, escrevendo ao marido distante (não gostava dele, a pérfida) que almoçou presunto, pãozinho fresco, vinho, charuto e uma laranja nada boa por sinal.

O marido bate à porta, como o pai batia à porta, e tosse coitadinha, mas que tosse!

Fatídica de olho pálido — não beliscara centena de asas de frango? — telegrafava aos amigos mandem cigarro, chocolate, uma garrafa de *whisky*, três vezes abençoada.

A vida, que é a vida, ó minha princesa? Um sórdido corredor de pensão francesa, mil olhos vigiando cada vez que você entra no banheiro.

Entre uma hemoptise e outra, enroscava-se na cama com um livro de versos, uma pequena pistola automática, um leque preto de cambraia.

E a chuva na vidraça, *Bill and Jack*, os brinquedos perdidos: o vaso de violetas, o gato Wing Lee, uma sombrinha verde, por que essa tosse?

Poor Tig, com um fraco pelos velhotes de cravo no peito.

De bengalinha, arrastando a perna reumática, que era a esquerda, não podia entrar nas lojas sem que lhe oferecessem uma cadeira.

Na rua deserta, entre a aflição e o desejo de ser violentada pelo soldado negro, que a espiava no quarto — horror! — escondido debaixo da cama...

E cuspia, pobre máquina de tossir, sem velhote nem soldado, delicadamente ela cuspia sangue na garrafinha vazia de rum.

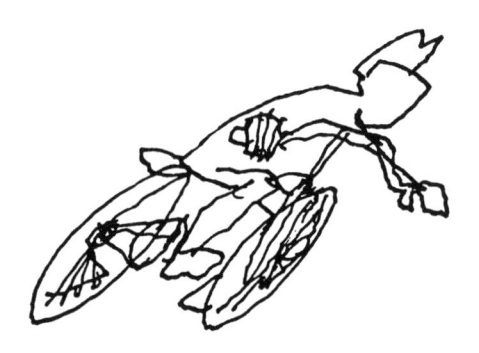

O Negócio

Grande sorriso do canino de ouro, o velho Abílio propõe às donas que se abastecem de pão e banana:

— Como é o negócio?

De cada três dá certo com uma. Ela sorri, não responde ou é uma promessa a recusa:

— Deus me livre, não! Hoje não...

Abílio interpelou a velha:

— Como é o negócio?

Ela concordou e, o que foi melhor, a filha também aceitou o trato.

Com a dona Julietinha foi assim. Ele se chegou:

— Como é o negócio?

Ela sorriu, olhinho baixo. Abílio espreitou o cometa partir. Manhã cedinho saltou a cerca. Sinal combinado, duas batidas na porta da cozinha. A dona saiu para o quintal, cuidosa de não acordar os filhos. Ele trazia a capa de viagem, estendida na grama orvalhada.

O vizinho espionou os dois, aprendeu o sinal. Decidiu imitar a proeza. No crepúsculo, pum-pum, duas pancadas fortes na porta. O marido em viagem, mas não era dia do Abílio. Desconfiada, a moça surgiu à janela e o vizinho repetiu:

— Como é o negócio?

Diante da recusa, ele ameaçou:

— Então quer o velho e não o moço? Olhe que eu conto!

— Espere um pouco — atalhou Julietinha. — Já volto.

Abriu a janela, despejou água quente na mão do negro, que fugiu aos pulos.

A moça foi ao boteco. Referiu tudo ao velho Abílio, mão na cabeça:

— Barbaridade, ô negrinho safado!

O vizinho não contou e o cometa nada descobriu. Mas o velho Abílio teve medo. Nunca mais se encontrou com dona Julietinha, cada dia mais bonita.

Sábado

Hoje é sábado; não, eu é que estou sábado. Organizo o domingo assim a cozinheira o seu bolo de nozes: aparo o cabelo, engraxo o sapato, escolho a gravata de bolinha. Pouca gente na rua, os plátanos enfeitam-se da conversa de pardais.

Meninas já brincam, vestidinho branco no portão. Debruçado no livro de capa preta diz o escriturário, com o lápis no ar: não te gastes, amanhã é domingo. Os cães conspiram na esquina: se amanhã é domingo, tem osso de galinha.

Solteirona descansa o cotovelo na janela: ai, tomara não chova domingo. Um gordo antegoza o domingo no prato fundo de macarrão. A amada não veio, João? Amanhã domingo estará na missa.

Alma de artista, domingo você rabisca o retrato da menina, fita azul no cabelo, mãe e filha chateadas. Noivo, a sambiquira é com vinho na casa da sogra. Dor de dente? Que dia desgraçado: o dentista não atende domingo.

Se você morre no sábado mais depressa esquecido.

Eis o domingo e, como todo domingo, um dia perdido — amanhã é segunda-feira.

A Caixeira

Com a explosão ardeu o Buick 49, reduzindo a pequeno monte de cinzas o corpo, que não pôde ser identificado pelos documentos: um violão em chamas era o seu retrato rasgado pela fatalidade.

Em Manaus causou a mais profunda consternação o anúncio da sua morte. Teve o mesmo fim de Carlos Gardel: morreu queimado. Ao saber da infausta notícia, o seu colega Francisco Carlos foi tomado de forte crise nervosa, necessitando de socorro médico.

Mil pessoas velaram o corpo do cantor. Na sua maioria eram mulheres de preto, algumas de óculo escuro. Pela madrugada os boêmios, partindo dos redutos de prazer alegre, acorreram em última homenagem. Gravou diversas canções com Mário Reis, entre as quais a de grande sucesso — *Deixa essa mulher chorar.*

O espetáculo do enterro foi delírio nunca visto. Dos edifícios chovia papel picado sobre o carro de bombeiros. Centenas de pessoas choravam convulsivamente. Algumas desmaiaram, sendo atendidas pela assistência pública. Dezesseis jovens perderam os sentidos. A polícia foi obrigada a usar de violência para conter o povo nos cordões de isolamento.

O esquife media um metro e quarenta centímetros. À lenta passagem da carreta, empurrada pelo povo, senhoras, senhoritas e alguns cavalheiros eram acometidos de crise nervosa. Repetiram-se os desmaios de pessoas que não resistiam ao choque de ver partir para a eternidade, reduzido a um pacote de cinzas, aquele que foi o rei da voz. A carreta fúnebre gastou exatamente três horas até a porta do cemitério.

Uma dama de luto fechado atirou-se sobre o caixão chorando amargamente, foi retirada nos braços de Orlando Silva. Dezenas de mulheres em lágrimas lançaram-se sobre o esquife. A multidão lutava para se aproximar do cantor silencioso; foi necessário um choque da polícia especial para conter o povo. Da sacada do edifício de dez andares, uma senhora de cabelo grisalho acenava com a bandeira nacional e gritava — *Adeus, Chico Viola.*

Milhares e milhares de pessoas permaneceram no cemitério agitando lenços brancos. Dezenas de sepulturas foram arrasadas e jardins totalmente destruídos. Os funcionários do cemitério calculam que os prejuízos se elevam a milhares de cruzeiros.

Uma caixeira de Curitiba se recusou a ir para as Lojas Americanas, que a vida para ela não tinha mais sentido. Inconformada com o desaparecimento do cantor, a jovem Maria da Conceição embebeu as vestes em álcool e ateou fogo. Foram suas últimas palavras: *Celestino, não deixe o canto brasileiro morrer.*

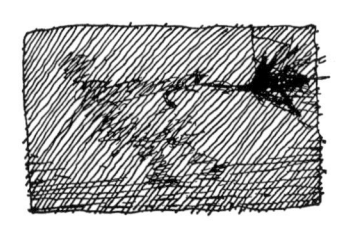

Dois Velhinhos

Dois inválidos, bem velhinhos, esquecidos numa cela do asilo.

Ao lado da janela, retorcendo os aleijões e esticando a cabeça, apenas um consegue espiar lá fora.

Junto à porta, no fundo da cama, para o outro é a parede úmida, o crucifixo negro, as moscas no fio de luz. Com inveja, pergunta o que acontece. Deslumbrado, anuncia o primeiro:

— Um cachorro ergue a perninha no poste.

Mais tarde:

— Uma menina de vestido branco pulando corda.

Ou ainda:

— Agora é um enterro de luxo.

Sem nada ver, o amigo remorde-se no seu canto. O mais velho acaba morrendo, para alegria do segundo, instalado afinal debaixo da janela.

Não dorme, antegozando a manhã. O outro, maldito, lhe roubara todo esse tempo o circo mágico do cachorro, da menina, do enterro de rico.

Cochila um instante — é dia. Senta-se na cama, com dores espicha o pescoço: no beco, muros em ruína, um monte de lixo.

A Comadre

Na tarde aprazada João foi à casa do compadre para acertar uma dívida. Dona Maria disse que o homem não estava, mas por que não entrava? Respondeu que tinha pressa e ficava para outro dia.

— Entre, que ele não demora — insistiu risonha a comadre.

Ao vê-lo, irresoluto, a sacar o relógio do bolsinho da calça:

— A modo que tem medo de mim?

João espiava os gestos faceiros da moça e não queria desfeitear o compadre. Entrou, mas não aceitou a cadeira:

— Espero mesmo de pé.

A dona disse que, escondida do marido, gostava de um cigarrinho.

— Não aqui na sala, que ele sente o cheiro. É melhor na janela do quarto.

João enrolou cigarro de palha. Ela queixava-se de não sei que e, reclinada no travesseiro, descansou as pernas sobre a cama, a saia acima do joelho.

Na terceira tentativa João conseguiu rematar a palha, dobrou uma das pontas. Ao apanhar o cigarro, ela segurou-lhe a mão. Disse que na cama havia lugar para mais um.

Sentando-se, ele riscava o polegar trêmulo no isqueiro. Em vez de acender o cigarro, dona Maria soprou o fogo.

— Deite, seu bobo.

Que bulha foi essa na cozinha? Ficaram suspensos, a olhar um para o outro.

— É o gato — afirmou ela. — Não carece ter susto.

Sem saber que na casa não havia gato, João tirou o paletó e descalçou o sapato.

Generoso

Querida amiga, recebi a tua cartinha que foi um alívio, vinte e três dias que não tinha notícia, queira Deus esteja na maior felicidade ao lado do teu homem, os meus vão todos bem, eu sempre no mesmo sofrimento, Generoso esse continua na mesma, dia após dia perco as esperanças, tudo se torna mais escuro na minha frente, ele disse a um dos rapazes que vocês queriam pegar ele aí e mandar me buscar, isso nunca seria feito, Rosa querida nada posso senão me conformar com a triste sorte, sei que na minha vida não tem mais felicidade, estou quase desesperada, não sei o que fazer, Rosa o Generoso esteve muito mal com doença de homem, quase morreu mas o anjo da guarda teve compaixão de mim e de meus filhinhos não nos deixando ficar sem ele e agora que está melhor só fala de ir-se embora, Rosa por que não respondeu a minha carta? será que ficou contra mim? Rosa dai-me um conselho que devo fazer da minha vida, são onze horas da noite eu me vejo sozinha com os filhos e para quem apelar? o Generoso saiu não sei se volta, no mais Curitiba é a mesma, só muito frio e garoa, afinal parou de chover, Deus sempre teve pena da gente, um beijo da tua amiga Clara.

A Noiva

José foi noivo de Maria. Ao fim de seis meses descobriu que, namoradeira, não lhe convinha. Queria moça para casar e pediu de volta a aliança.

Além de barbeiro, clarinetista da bandinha que animava os bailes da Sociedade 21 de Abril. Tocando no clube, recebeu recado que a convidasse para dançar e, apesar da insistência, não atendeu ao convite.

A moça explicou que tinha quatro desejos: fosse mandada para exame, depois de morta, para José saber que era donzela, esse pecado não levava; queria ir vestida de noiva, graças a Deus merecia; terceiro, não esquecessem de acender uma vela para alumiar o caixão escuro; por último enfeitassem a cabeceira do túmulo com o seu retrato colorido.

O baile acabou, as moças foram para casa. Na cozinha, a beber água do filtro, a irmã ouviu que uma voz fraca a chamava. Correu para o quarto, era tarde.

— Me abrace — ciciou Maria. — Já tomei veneno.

Na mão esquerda deixou o seguinte bilhete: *Eu fiz isso por causa do José e quero ir de noiva — é só.*

Os Três Presentes

Aos treze anos, Maria era criadinha na Pensão Bom Pastor, onde trabalhava, comia e dormia. A mais nova de sete filhos, sempre doentinha, debaixo de xarope. De boa vivência, nunca fez trato com homem. Só de longe sorria para os moços: queria o nome de casada.

Dia 15 de agosto ela varria o quarto nº 28. O pensionista estava na cama, com parte de doente. João falou que não carecia ter medo, de cabelo branco podia ser seu pai. Com muito agrado, alcançou que ela deixasse a vassoura e ficasse proseando. Crente nos santos dos últimos dias, mas traidor: quis agarrá-la à força, ela gritou. De fala mansa, jurou que casaria.

— Veja lá — respondeu a menina. — Perdida no mundo com um filho nos braços.

Concordou sentar-se na cama, houve abraço e beijinho. João ofereceu radinho de pilha, caneca de letreiro *Parabéns,* pacote de bala Zequinha.

Fechou a porta, com ela noivava se fosse virgem.

— Sou moça — repetiu Maria. — Quero casar de branco.

Bobinha, aceitou os três presentes e deitou-se na cama.

Ladainha do Amor

João, em primeiro lugar desejo que estas poucas linhas vão te encontrar com saúde e felicidade, eu vou bem graças a Deus, João mando dizer que você reze uma ladainha, fui naquela sortista que faz trabalho e falei sobre teu caso, deixei o nome da fulana, ela me disse para fazer defumação no quarto e na roupa, a fulana é de amargar, você tome cuidado com tua roupa, se ela pega você está perdido, João meu coração diz que tem mulher aí na tua casa, estou tremendo por você, sei que não me quer bem, já arrumou outra mais moça, desculpe os erros que estou meio boba, responda qual é tua intenção, eu hei de desmanchar essa macumba, deixe por minha conta, agora você tem de ser meu homem, ai tanta coisa para te contar, ando com o coração coberto de luto, mais triste fiquei de saber o que você está passando, a mãe quase morreu, até vela foi preciso, eu quase me acabei de tanto grito, João você largue dessa maldita fulana, por favor traga os trens para cá, veja se vem logo, João estou quase louca, meu amor ando muito doente, até estou de cama, se Deus quiser não há de ser nada, um pouco é nervo, para fazer o trabalho você tem de mandar um retrato para a sortista, aceite um beijo desta que te ama e fica abandonada — Maria.

P.S. Nossos corações batendo só de um lado não há o que nos separe, se o teu bater para lá e o meu para cá, daí tudo está perdido.

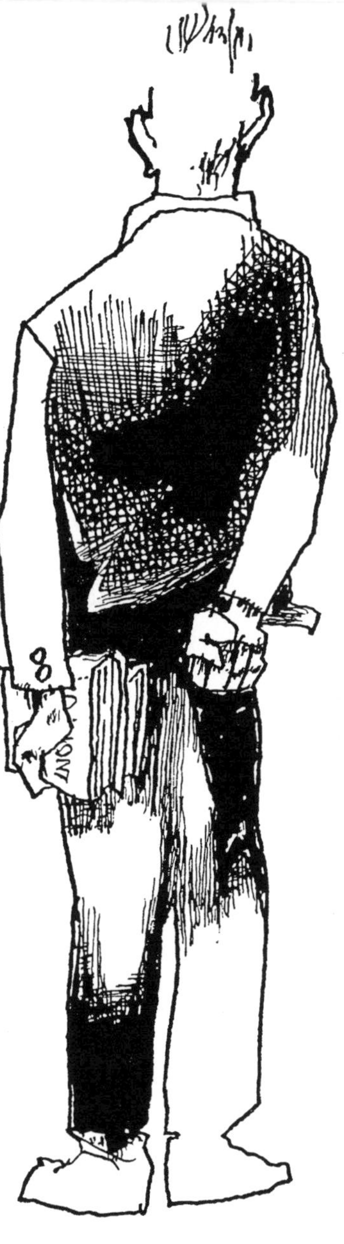
8

Este livro foi composto na tipologia
Minon Pro Regular, em corpo 13/19, e impresso
em papel off-set 90g/m² no Sistema Digital Instant
Duplex da Divisão Gráfica da Distribuidora Record.